歌集

かたへら

森田アヤ子
Ayako Morita

現代短歌社

かたへら＊目次

早蕨　9
持場　13
帰郷庵　17
うすあを　21
畝　25
連休初日　30
食べごろ　36
おはじき　41
棕梠　46
ばんざい　50
秋吉台　55
藜　58
げんのしようこ　63

永字八法　67
古井　72
おくら　75
鳳仙花　80
出文協　86
他動詞　91
唉呵　95
暗転　99
新米　103
鼻緒横緒　107
ヒーロー　110
朝しぐれ　116
柚子　121

鳩雀 126
あかねむらさき 131
燻し 135
楊枝入れ 140
漬菜桶 144
かたへら 148
ふくろふ 152
柴刈 158
いましめ 161
バズーカ砲 166
左義長 170
でこぼこ 173
鉛筆削 178

根開き　183
あとがき　188

かたへら

早蕨

伸び出でしばかりの太き早蕨を山よりもらふ
蒔かずにもらふ

移植鏝が堆肥にまじり出できたりよく休んだ
と欠伸しながら

畝を切り均しととのへけふはおく半沢直樹が
待つてゐるから

おくやまの真木の林のにほひたて入学の子の
鉛筆けづる

しだれゐる馬酔木の花やいつせいに鳴りいだ
さむかその神楽鈴

遠霞む海を車窓に見て下る街に出る道みな峠あり

持場

霜降りる畑に馬鈴薯植ゑてゆく地下三寸の温みを恃み

桃わらひ木蓮わらふ万愚節種子法廃止謀られてゐる

地おもてに伸び到りたる馬鈴薯の芽先に春のやさしき光

はこべらよりやはりひずりと称ぶ方が草を引く手に力がこもる

昼はわが夜は猪が掘り返す持場のさかひ垣を隔てて

夜の卓にながめてゐたり粒当り百円也の南京の種子

いま少しすこしばかりと草削り獣の闇に押されて帰る

帰郷庵

山中に途切ると見ゆる道を来て嘉村礒多の生れ家に立つ

「山から山へ物干竿がかけられる」礒多の里
や大杉に花

格子戸を引けば母の背見えさうな土間に竈《かまど》の
ある帰郷庵

門庭に長方形の掘池あり雁木三段深く水なし

池ちかく蟹のあそべる谷川の清らかにして
「まむしに注意」

前うしろ迫れる山の杉木立呼べば礒多の声返らむか

ちかぢかと樹の息を吸ひ山に問ふ嘉村礒多を育みしもの

うすあを

ちちははの在る日のごとく山畑にじやがたら
いもの花のうすあを

馬鈴薯に花がつきたり年年に父母も祖父母も
植ゑてありしか

じやがたらと祖父祖母は称びじやがいもと父
母は称びゐき薄藤の花

馬鈴薯の花のさやぎよ父母よ姉妹三人元気《まめ》に
さうらふ

じやがいもの花が咲きたり便りせぬ子よ奨学
金は返してゐるか

馬鈴薯の花に雨降る啄木のふる里に咲くうす
むらさきに

あやちゃんと吾を呼ぶ声にふり向けばじゃが
たらいもの花の紫

畝

ふくらみて今か解れむ色ながら桜の花の咲く
ひとつなし

さし交はす枝に視界は花ばかり満開桜の並木を走る

何とても無き村なればひろびろと若枝ひろげて桜咲き満つ

花咲けば人の影あり車あり百合谷水辺・なごみ公園

山に映ゆる若木桜の枝の様ひと本づつを見てあきるなし

フロントガラスにどつと桜の花が散る前の車が角まがるとき

人影のなき公園のま昼間のベンチに桜の花ふりしきる

あす蒔かむ畝のやさしさ均したる土に桜の花
びらをおく

連休初日

農用の麦藁帽を新調す立夏大安連休初日

庭にきてよきこゑに鳴く鶯よけふは堰《ゐせき》に水通す日ぞ

代掻きて澄まぬ田の面を風わたる縮緬皺の波光らせて

人ならば十七、八の美しさ代田に映ゆる野面石垣

逆さまに石垣映す植ゑ代田棚田を守る一人ぞわれも

田といふ田搔かれ植ゑられ水光る晴れの五月の山の集落

あたらしき根は方尺にひろぐべし細き根から む苗箱洗ふ

植ゑしばかりの稚き苗をさやがせてわたる山
田の夕風さむし

傾きてをりし早苗の立ち直り列正したり葉は
まだ伸びず

分蘖にかからむやはき稲の葉を白く返して梅
雨入りの風

食べごろ

砂あそびのをさなの上に垂れてゐる伊勢物語の藤花三尺六寸

やはらかき春の草生に刈り残す芹のひと叢蕗のひと叢

群生の射干あればその周辺をしやがみ鎌もてねんごろに刈る

食べごろと思ふことあり草なかの酸葉・虎杖・茅《ちがや》の若穂

草刈るのは猪《しし》よけ垣の手前まで向かうは夜の獣のエリア

ものぐさと言ふな刈らない雑草はCO_2《たんさんがす》を減らしてくれる

草刈を終へて己れのために蒔く隠元十粒枝豆十粒

チェーホフを語りてやまぬ人とゆく桜若葉の
影ゆるる径

おはじき

いま掘りて露に濡れたる筍の代を土つく手の
窪に受く

手渡さむキャベツにとまる青虫をいいよと客は連れてゆきたり

合掌のかたちに瓜の双葉出づ肥料袋の行灯のなか

葱は針、菠薐草は返り点、胡瓜は草履　わがよぶ双葉

頭上にてあまたれ声にたはむるる二羽の鴉の素姓を問はず

畝立ての土の中より出できたり青のぼかしの
おはじきひとつ

蒟蒻の芽はみな消えてそのそばに大青虫がぬ
つたりとゐる

大百足を取り逃したり縺れずに素早く動く脚
を見てゐて

棕梠

植ゑ条のはや分かぬまで稲しこり棚田三枚みどりが重し

谷あひの田に咲きたればしのぶぐさ忍摺《しのぶずり》の
名こそがふさはし

日の光に目凝らし稗を引きてゆく日翳る早き
谷あひの田に

今のうち耕作やめて檜など植ゑおくべきか棕
梠の葉が鳴る

さやさやとさやさやとゆく風のさき田の草取
りの父母の背が見ゆ

曽祖母とともに嫁ぎてきたりとふ田の面を撫でてはつなつの風

ばんざい

ていねいにふかく爪つむたくさんの児とたく
さんの手遊びせむ手

ばんざーい両の手挙ぐるをさな児よ机の下に脚もばんざい

ぽつぽつぽー片付け袋にさやうなら遊びの足らぬ積木の電車

三歳より八年かよふ難聴の児が作文の入選を
告ぐ

言語聴覚士《エスティー》として二十年通ひこし園ぞ園舎に
お辞儀して去る

風とほる借家の縁に二人子と作りきわれの使ふ絵カード

ねんごろに描きし燐寸の絵カードの時の移りを逸れて染みなし

Ｂ４判の言語聴覚士免許証登録番号七七号

秋吉台

見のかぎり白と緑のカルストの台地をわたる
風やはらかし

心晴れぬときによく来る　いふとなく言ふ人に従きゆく秋吉台

さみどりに白の斑の石炭岩を「羊の群」とたれかいひたる

みはるかす秋吉台に日あまねし生命もつもの
大地の過客

藜《あかざ》

吊しゆく玉葱五百太ければ晩生の竿を侵してしまふ

スーツ姿の青年の靴の片方が袋の中にごみを
押したり

渋滞のルームミラーにきはやかに映る法衣の
僧の衿元

物置の屋根に玉蜀黍《コーン》の芯いくつ日に晒されて
猿の影なし

屋根瓦を軋ませながらゆく猿の手より豌豆《ピース》が
落ちて転がる

つくづくと草は引くもの渾身の力もて引く土用の藜

肌色と黒と斑の蒟蒻の茎のおどろし見るにおどろし

耕作を継げとはいへぬ狭田ながら薬剤撒布の
ことを子に言ふ

蔓を伸ばし畝を統べたる南京にほしいままな
る真夏のひかり

げんのしょうこ

ひと夜さに掘り荒らされし甘藷畑土用の照り
に畝土白し

抉じ開けられ曲るフェンスの外側にげんのしようこの鮮やかな紅

罠の餌の玉蜀黍の乾びつつ盂蘭盆ちかき畑に草刈る

猪罠《ししわな》の空をよぎりて軍機ゆく獣も人もあやふき世なり

盆過ぎて日の暮れ早しいつか来む猪《しし》とひとつの南瓜分けあふ

ひと夜かけひと日の熱を放てるか薄暮の鉄の
格子があつし

ゐのししの残す甘藷の細根より蔓出できたり
もうすぐ処暑だ

永字八法

中ほどに渡り石あり高き高き石垣の田の広く
はあらず

七草の薄と思へばゆかしけれ刈りゆく萱はわれより高し

草刈機につぶさに草を刈りてゆく永字八法柄をうごかして

いづれ野に還らむ田なれ草にまじり生ひ出づる木のあれば引き抜く

急斜面に刈払機を振り上げて草刈る空に昼月白し

伐れど伐れどぢき伸び出づる楮なり山代紙と
なりし木の裔

雲影が山の斜面を移りゆくこの段ほどと決め
て草刈る

爪立ちて刈払機の柄を伸ばす空の紺青切り取らむまで

荒草を刈れば棚田のたたずまひ日が石垣にくまなくおよび

古井

月しろく萱生ひ立てる家跡に掘抜き井戸のひとつのこれり

三軒をやしなひたりし井戸深し水面光れり光りてやまず

ひさかたの空を映して地《つち》ふかくゆるることなし古井の水は

自動車は絶ゆることなく行き過ぎぬかたはら
に井戸ひとつ古りつつ

おくら

二千個とまではゆかねど上出来の南瓜五十個
猿がみてゐる

朝の気の涼しき畑をみてまはるおくらの黄花
ごーやの細柄

露帯びて咲けるおくらの黄の花の日のさし昇
るまでの薄衣

もしかして要らない指があつたのか　包帯を
みて真顔にいへり

箸置きとしたるおくらの青莢を食べると持ち
て帰りゆきけり

児のこゑの絶えて久しき廃校の水なきプール
に葛がいきほふ

包丁のたたぬ南瓜は手斧もてふたつに割れと
ききはしたれど

捕へたとみるや獲物を食はずして守宮はやをら尻尾振りたり

鳳仙花

ひと日かけ母の歩きしその里へ車に走るただ二十分

藁草履・結びを提げてわれを背に里へ急ぎし若き母はも

わが背後に車間保てるパトカーを先にゆかせるこそばゆいから

二段めを二階といふならほのみさん婆の畑は
五階建てです

わたくしが先頭をゆくくちなはが横たはりゐ
るかも知れぬので

その家の並びの順に墓ならびあの世でもまたお隣りとなる

母子して数を唱ふる声がする裸ん坊が今にとび出す

父母祖父母とほきみ父祖の坐しにけむ御堂に坐せばただ蟬時雨

二日ほどかはゆき声を跳ねさせてビニールプールは帰りゆきたり

晩年の母の齢を生きてをり触れなば爆ぜむ鳳仙花の実

子ら帰り声なき家に新しく布巾・台布巾替へられてをり

出文協

むりをして揃へし全集マカレンコ矢川徳光書
架に古りつつ

すぐ読むと買ひし本なれ四十年五十年余の日
の過ぎにけり

いちづなりし日日の記憶はうすれつつ変はる
ことなし書棚に本は

げに軽き本なり文庫『たけくらべ』手馴れの
厚さ装丁にして

国痩せてとぼしき紙に出されしか初版は昭和
二十一年

六十銭の『彼岸過迄』星みつつ検印夏目の朱の色あせず

奥付にしかと定価の表示あり消費税などまだなき時代

「六十銭」につづく(停)の字高騰をふせがむ法に拠るものといふ

出文協承認番号記さるる昭和十七年版岩波文庫

他動詞

戸開くれば庭に四、五匹猿がゐてお前だれだ
といふ目を向けく

南京を穿ちその種子食ひながら猿は門辺に動くとはせず

馬鈴薯を芽欠きしながら植ゑてゆく好まないなあ他動詞「欠く」は

生まれながら声の楽符をもつならむ畏れつつ
きくつくつく法師

畑の辺におはす卒塔婆のあらくさを刈ればし
ばらく蜻蛉がやすむ

萵苣種《ちしやだね》に軒を貸すなといふからに日照りつづきの土を耕す

立秋の周防岸根の畝に蒔くチリ産黒田五寸人参

咲呵

貸しし金ながく経て子が返しくる「必ず返せ」言ひはしたれど

あすしようあしたはしようあすこそは　盗みのごとく眠りに落つる

いかにあれ己の育てし子にあれば腹は立たぬと言ひしよ母は

忘れゐし美容柳の名が浮かぶ茗荷かきわけ花さがすとき

なまよみの飯田龍太の兄三人戦死病没戦病死といふ

大戦の今につづける身とおもふ団塊世代とよばるるときに

とはいへど凡愚はさうはゆきませせん石田比呂志の「短歌は啖呵」

暗転

うくわつにも名を忘れたれあれあれと無事に
買ひ得つオルトラン剤

五十個の南瓜ひと夏はぐくみし土ぞ堆肥と風に労ふ

糠と灰・牛糞・鶏糞・油粕　使ふ肥料は陋巷の渣滓

処暑ちかき畝に白菜種子を蒔く豊秋といふよき名の品種

乾ききる覆土しつかり踏みつけて発芽は種子の力を恃む

褐色の粒が緑の双葉吹く土中二日の暗転ののち

新米

伸びし茶を刈払機につづむれば釜に茶を煎る
母の香ぞする

芽を三度摘みとりさらに枝を刈りお茶をつくりてゐたりし茶の木

向日葵の種の束ねをかかへもちち猿が棟よりわれを見下ろす

時雨ゆき峠の路にこくうすく霧流れつつ夕づきにけり

コンバインがざわと田圃をひとまはり落穂拾ひは絵の中のこと

手をとめて入り日に頭を下げてゐし父よミレーの晩鐘知らず

もつたいなあなかたじけな神仏に次ぎて吾に盛る新米の飯

鼻緒横緒

挿《す》げながら鼻緒横緒を称び分けておうなの太
き手はよく動く

芯縄を引き締めたれば形をなし大判金貨のや
うなる草履

若ければ出来たりといふ夜仕事に草履三足編
みしことなど

家族寝ねて嫁のしごとと麦を搗く粗搗きののちさらに本搗き

台唐臼《だいがら》を踏むに己れの軽ければ背に子を負ひ搗きたりといふ

ヒーロー

なるやうにしかならないさ薄れつつ膨らみ消
ゆる飛行機の雲

湯田温泉に住みし十年温泉へゆくことつひに
無くて過ぎにき

夕闇にまぎれて矮鶏を放ちたり小学校の「ち
やぼのお家」に

子の前にわれはヒーロー矮鶏を抱き片手に縋りフェンスを登る

抱へたる矮鶏の温みよ母子してこころなぐさめられし幾年

先生の教官室のお机のペスタロッチー像のそ
の後は

狭しとも思はざりしよ四人の起き臥す寮の八
畳の室

川蝦をすくひ濡れたる靴乾くまでを待ちゐし
下校の童

椅子・机・床に天井木ばかりの教室だれをも
弾かなかつた

大兄《おせ》・陸《ろく》い・拵《せせ》る・算用《さんよう》・列《つら》・地炉《ゆるい》・核《さね》・目《め》

籠《ご》　祖母の普段の言葉

朝しぐれ

朝しぐれ音なく降りてなほ暗く白山茶花のほのか明るむ

晴れてよし時雨またよしよべ剝《へ》ぎし少しばかりの干柿吊す

指先に洗へどおちぬ青みどり豌豆種子の粉衣処理薬

庭先に大層もなき土産ありよべのまらうど狸の貯蓄

錆厚き母の古鎌研ぎあげて使はずもとの在り処に戻す

バス敬老優待乗車証を受く月のきれいな晩の
ポストに

老ゆるほど木の太れるを楽しみに銀杏五粒土
にゆだねつ

西向きの畑にしあれば夕映えのいちやうもみぢの美しからむ

柚子

毒もつと教へて父の絶やさざりし鳥兜さく明き藍色

滾る湯に色を帯びたる蒟蒻の玉が浮き上がら
むと打ちあふ

柿の実を食ひさし落しゆくサルよ疾うに降参
したではないか

八幡の賽銭箱の抽出しを開けて日に当つ明日秋祭り

秋薯をひと月ながく太らせてのつぴきならず地球温暖化

褐色の焦げ香ばしき秋刀魚買ふ記憶のなかに
煙を立てて

ねんごろに耕し均しゆく畑にかすか音して柿
の葉の落つ

ふぞろひの漬大根を引つこ抜く来年こそと思
ふ力に

汁をとり皮を剝きとり湯に浮かべやうやく土
に返す柚子の実

鳩雀

歩きつつ逃げゆくカラス自動車がちかく迫れば飛び立ちゆけり

路地を来てあゆみを渡り行きにけりボンべは
人に回されながら

鳩雀まじり飛びきて鳩雀ついばみながらふた
てに分かる

ベランダに赤シャツ動きはじめたりおそらく
ラジオ体操第二

トラックの荷のコンテナの上段に鶏《とり》の頭が突
き出て動く

日の影は山の高みへ移りつつ最終便のバスまだ来ない

一台が路上の紙片を避けゆけば続く車もみな従へり

姿勢美しく歩きつづけてゐるが見ゆ夜のフィットネスクラブの窓に

対向車とだえたる夜の峠路のカーブミラーは闇のみ映す

あかねむらさき

夕光の空に向かひてまさやかに白鷺立てり立
ちて動かず

口開けてああとわらふか野鼠の齧れる藷の円き窪みは

道端に薩摩芋とて売りをれば琉球芋と買はれてゆけり

空高し億劫ひとつの稀にして人と生れたるわが命かな

燃え尽くるまでのしばらく蚊取香の短きままに草引きにゆく

実を土にお返ししたと立ち直りゐのころ草の
穂がゆれてゐる

ひと畝は明日にのこさむ西空にひとすぢ淡き
あかねむらさき

燻《くゆ》し

ロールシャッハテストのやうに対称に湖水に
映る紅葉の山

山山はすでに暮れおち畑に立つ燻しのけぶり
谷をながらふ

なにごとを願ひ投げ上げられし石鳥居の上の
でこぼこの影

たぢろげば窮すればきく母のこゑ　山より大き猪は出ぬ

冬はもうここにきてをり沢庵の匂ひたたせて桶洗ふ門

音せずに家の裏より現はれて検針シールおきて消えたり

減反を解かれて何の変はりしか狭田に稔れる蘖の稲

端にきて半身大きく振り回し尺取虫は引き返したり

草刈機の柄の振動の残りゐる両の手ほぐす遅き湯のなか

楊枝入れ

ひよの字を卑しき鳥とおぼえたれ右に左に鳥は飛び交ふ

鎌を研ぐわれを見ながら猫がゆくアリストテレスのやうなる貌に

瓢箪より楊枝出でくる楊枝入れ時にはえをとこ出でてはこぬか

断捨離はしますしますよ時かけて切り抜き幾
年分かファイルす

山茶花の白を降らせて夕時雨『銀河鉄道の
父』読みをはる外

終生を乗らむ車の頼もしよ受けしナンバー九《っ》
九《くも》・四《し》八《わ》とは

漬菜桶

桶底にのこる漬菜のひとつかみをまづ捨てに
ゆく富有《ふいう》柿の根方

祖母、母と継ぐ漬菜桶とり出だし洗ひしばらく日に当てておく

幼時より太さかはらぬ柿の木にもたれ休めばちちははの影

幾十年根方に古漬埋めてこし庭の富有の木も老いにけり

ひたすらにただひたすらに蓑虫が木を這ひ登る蓑を曳きつつ

沢庵を漬け込むそばに亡き人が柿の皮など入れよといへり

をりからの入り日見てをり桶底に僅かばかりの菜を漬けをへて

かたへら

ちちのみの父の手馴れの広辞林ときに引かせ
てもらふことあり

物置に田下駄一対吊られゐて鼻緒につきし土
乾きゐる

本まろき父の息杖移す荷を支へ立ち息を入れ
てありにし

よついちを父は頑固に押し通し四分の一とは
つひに言はざり

かたへらと父言ひ母はひとかたと言ひて捜せ
り下駄のかたへら

近隣の親戚をよく父は知る二人使に訪ね訪ねて

ふくろふ

日の中る谷の片がは霜とけて段段畑に蒸気が
けぶる

新しき人参の葉が落ちてをり猿三十匹のよぎれる門辺

数十の猿が庭前よぎれども巡査一人の来ぬ村に住む

土とわれとひとつ日差しを受けながら畝のくぼみに豌豆を蒔く

雪曇りの吉賀を走る柚子、柿に黄の灯赤の灯点りて明し

門庭に畑辺に黄の実みのらせて柿木村は柚子おほき村

不自由の何のなけれど木枯しのすさぶ夕ぐれふくろふ鳴くな

さうですか掛かりましたかあの猪《しし》がたうとう
昨夜《ゆんべ》かかりましたか

幹に寄り倒す方向さぐりつつ見上ぐる空に百
年の枝

つくづくと枝見ることのなき栗か下刈るとき
も実拾ふときも

全身に振動伝へチェーンソーが木の歳月を通
過してゆく

柴刈

柴刈に山へ行きますばあさんは刈払機に鈴を
鳴らして

昼くらく大杉しげる棚田あと一粒万倍すでにはるけし

急斜面なれば地面にそひて立つ三年杉も柴刈るわれも

林となる百年杉に凭りてきく遠くみ父祖《おや》に吹きし風の音

怪我をせず熊に出会すこともなく帰り鋸の目の木屑を拭ふ

いましめ

裏白はさう裏白といふやうに裏と表は違へずにすむ

台唐臼《だいがら》の神はおはします納屋の奥処に
供へ餅おく

ははそばの母のいましめ正月に味噌と箒と金
はつかふな

家陰に凍て雪いまだのこりつつ大つごもりの
日は山へ没る

艶失せて汚れ傷つき古びたりわが日日の帰結
の机

おいしいと母の料理をほめたことあつただら
うか子芋を洗ふ

帰りゆく子よ門先に手を振れば一億人にまぎ
れゆくなり

床板の傷の点点　孫どもの独楽はことなく回つてゐるか

文明は人だけのもの積まれたる収集場のごみに日が差す

バズーカ砲

たのむべき親すでになし畝うへに押しあふ蕪の半球の白

径四寸太りすぎたる大根をバズーカ砲と子は
持ちゆけり

どどつぽと河野裕子の詠ひたる山鳩ちかく背
戸山に鳴く

里芋に気触るる質は母似なり一日晴れて雪まだとけず

減反の通知にかはり〈水稲の作付推進お願いします〉

目にかなふ林檎なき日は作らぬとふアップル
パイをけふは買ひ得つ

左義長

山ふかき部落のとんど竹爆ずる音と谺と同時にひびく

左義長の燠火に垂らす網の上に餅焼きあがる
竹竿の先

とんどの火に尻ぬくめるは長生きと古老宣ら
せど背の火おそろし

送り送りおくりおくりてこしわれを送らむ人
か火を囲みあふ

火の跡の黒くのこりて左義長のすめば部落は
もとの静けさ

でこぼこ

東谷《ひがしだに》・下畑《しもはた》・大峠《おほたを》・六呂谷《ろくろだに》・坂上《さかうへ》・長谷《ながたに》

でこぼこの村

小径もてつながる班の十三戸背戸に迫れる崖みな高し

留守ながくつづく媼の家開きて仏壇仏具が運ばれゆけり

元気かと問へば「元気ぢやない」と言ふその
元気なる声をよろこぶ

十三戸の講は春より十一戸一戸は転出一戸は
死亡

兜虫のゐれば部落の積み肥の使用夏まで延期と決まる

神仏のならひ簡素化是是非非の議論果てなし村は老いつつ

高齢化のすすむ集落いくつもの役が一人の定
年を待つ

全室の灯る病院この村に灯らぬままの家もあ
るべし

鉛筆削

本の山ひとつ低めてしばらくを心足らへばそこへまた置く

三十万の言葉を想ひまた思ふ「日常会話に使ふ語三百」

頰杖に息つきてみるお茶の湯気命なきもの邪念をもたず

二、三日前の新聞右面のたしか右下辺りだつたが

畑土のまだ乾かねば水仙の花芽の伸びを見てかへりたり

去りゆけば石のひとつに戻るべしその角にわ
が躓きし石

ひさかたの日にたまゆらを光りゐしプルタブ
ひとつのこして日暮る

幼きを側にして読む『もぐらバス』松代大本営のこと思はずに

子の貼りしシールは何であつたのか薄れて見えず鉛筆削

根開き

降りながらつと舞ひ上がり向きを変へ逸れて
ゆきたり雪の一片

よこざまに吹きくる雪が音立てて傘打つ打ちてとどまれるなし

雲水の並みゆくごとし凍て凍てて青味失せたる白菜の畑

いまならば受け容れられる　紅梅の蕾に触れて消ゆる淡雪

幹撓ふまでに付きゐし南天の赤実いつしか消え失せにけり

花すこし残ればよろし紅梅に寄る鵯も遠来の客

昨夜よりの雪とけにつつ鉢植のちひさなる木にちさなる根開き

ご縁を感謝いたします。

二〇二〇年三月

森田アヤ子

著者略歴

森田アヤ子

1946年生
青潮短歌会、新日本歌人協会所属
第7回現代短歌社賞受賞

歌集　かたへら

発行日　二〇二〇年六月十七日
著　者　森田アヤ子
〒七四〇—一二一三
山口県岩国市美和町岸根
発行人　真野　少
発　行　現代短歌社
〒一七一—〇〇三一
東京都豊島区目白二—八—一
電話　〇三—六九〇三—一四〇〇
発　売　三本木書院
〒六〇二—〇八六二
京都市上京区河原町通丸太町上る
出水町二八四
装　丁　桑野由貴子　かじたにデザイン
印　刷　創栄図書印刷
製　本　新里製本所

ISBN978-4-86534-321-2 C0092 ¥2000E